PERFEITAMENTE INADEQUADO

THAYS LESSA

PERFEITAMENTE INADEQUADO

Copyright © Thays Lessa, 2021
Copyright © Editora Planeta do Brasil, 2021
Todos os direitos reservados.

Preparação: Thiago Fraga
Revisão: Departamento editorial da Editora Planeta do Brasil e Fernanda França
Projeto gráfico e diagramação: Márcia Matos
Ilustrações e letterings de miolo: Thays Lessa
Capa: Túlio Cerquize

Dados Internacionais de Catalogação na Publicação (CIP)
Angélica Ilacqua CRB-8/7057

Lessa, Thays
   Perfeitamente inadequado / Thays Lessa. – São Paulo: Planeta, 2021.
   208 p.

ISBN 978-65-5535-361-7

1. Autoajuda 2. Autoconhecimento 3. Autoaceitação 4. Felicidade
I. Título

CDD 158.1   21-1190

Índices para catálogo sistemático:
1. Autoconhecimento

2021
Todos os direitos desta edição reservados à
EDITORA PLANETA DO BRASIL LTDA.
Rua Bela Cintra, 986 – 4º andar
01415-002 – Consolação
São Paulo-SP
www.planetadelivros.com.br
faleconosco@editoraplaneta.com.br

Para você que já sentiu que não pertencia a lugar algum. Para você que por muitos dias e muitas noites rejeitou a própria essência por achar que não era suficiente. Para você que foi calado pela comparação. Para você que foi rejeitado. Para você que já usou máscaras para camuflar sua identidade. Para você que foi perfeitamente criado – da forma mais inadequada possível. PARA NÓS.

INTRODUÇÃO

"Nunca esqueça o presente que é ser inadequado."

Essa frase me marcou profundamente quando uma amiga querida a proferiu, quase que de forma profética, em um dia aleatório de verão. Senti como se uma lança entrasse em mim e quebrasse as amarras que tanto me prendiam nos últimos anos.

Inadequada era a palavra que mais me descrevia. Desde muito cedo eu lutei contra a ideia do não pertencimento, de que eu não era suficiente, ~~ou que eu tivesse vindo com defeito.~~

Usei várias "armas" para tentar lidar com esse sentimento. Muitas vezes corri para o distúrbio alimentar ou para as máscaras de camuflagem. Ninguém podia perceber que eu não era o que pensavam. Eu era a Thays, e por algum motivo eu achava isso um verdadeiro insulto.

Nessa longa (e acredito que quase eterna) jornada, descobri na vulnerabilidade ferramentas que me libertaram do medo da autenticidade e que me fizeram abraçar não só a mim, mas os inúmeros inadequados que existiam ao meu redor.

Eu convido você a embarcar nessa viagem. Do outro lado do muro da insegurança existe um lugar novo para você: ser quem é!

CANSADO E SOBRECARREGADO

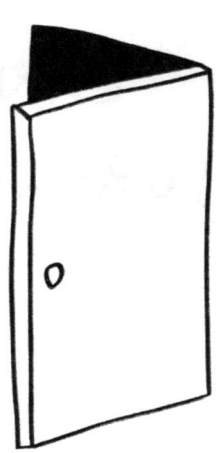

Eu me lembro com clareza dos momentos em que eu virava o rosto para não olhar ninguém nos olhos. Eu me lembro com clareza de todos os momentos em que eu estava posando, sempre atenta para não sair da personagem perfeita que eu havia criado para tentar caber e pertencer. Eu me lembro, porque era extremamente exaustivo.

Quando chegava em casa e corria para o meu quarto, era o momento de tirar todas as máscaras de camuflagem que havia carregado durante o dia. Uma por uma elas iam caindo.
Uma.
Por.
Uma.

Creio que essa era a parte mais frustrante e libertadora do dia. Frustrante porque tinha consciência de que eu realmente não era tudo aquilo que estava tentando ser, e libertadora porque era o único momento em que eu estava com a Thays de verdade.

Posso te contar um segredo bem baixinho? As máscaras de camuflagem não mudam a realidade, apenas adiam o momento em que você se encontra com ela. Elas camuflam não só o real, mas todo o pacote incrível que vem junto dele: a liberdade de ser quem você é, o seu propósito e as conexões reais e genuínas que você pode construir.

Você também usa camadas e mais camadas dessas máscaras?

Onde você está realmente quando está debaixo do chuveiro ou quando a porta está trancada e você se reencontra na solitude do seu quarto?

Quem é você quando ninguém está olhando?

Não importa o quão longe possamos ir contra a direção de quem somos, no fundo compreendemos que ali não é o nosso lugar.

O caminho de volta ao nosso eu precisa sempre de três etapas: *vulnerabilidade*, *honestidade* e *paciência*. Vulnerabilidade para cavar dentro de si com clareza, honestidade para não esconder nada e paciência para compreender o processo.

Parece doloroso para você?

Eu me apaixonei por fotografia quando eu tinha 13 anos, e a partir dali iniciei a minha jornada de infindáveis registros. Aos 15 anos recebi um pedido de orçamento para fazer um ensaio fotográfico de uma conhecida. Você nem imagina o meu nervosismo!

Chegando ao lugar marcado, montei a câmera, e, ao apontar para a minha modelo, percebi uma grande inquietação vinda do outro lado da lente. Ela estava nervosa também. Ufa! Eu não estava sozinha ali.

Começamos a conversar sobre a vida e a trazer mais vulnerabilidade para aquele momento e foi aí que o riso espontâneo e as poses genuínas chegaram. A autenticidade tomou o seu lugar à mesa.

A partir daquele momento aprendi que o belo e o singelo eram encontrados na autenticidade inesperada. Que encontro incrível!

Neste instante, quero que você se questione sobre a ideia de "belo" e de "correto" que você vem carregando até aqui. Ela tem trazido cansaço ao seu ser? Você se sente cansado e sobrecarregado por tentar sustentar esses rótulos?

Observe a essência da natureza. São tantos seres diferentes que talvez sejam considerados desajeitados, mas cada um ocupa um lugar singular e é uma peça de um grande quebra-cabeça.

Podemos desmerecer a autenticidade com suas práticas humildes e desajeitadas por medo de não nos encaixarmos no todo, mas, também, não podemos dizer que o mundo seria melhor se todas as espécies de plantas e animais fossem iguais. Ao caminhar em uma floresta, o excepcional é o que cativa o nosso olhar.

É melhor assumirmos um lugar de pessoas reais e bagunçadas, mas que, juntas, fazem parte de algo maior, do que tentarmos sustentar o *fake* e o "perfeito" e lidar com o verdadeiro isolamento: o de não ter nem a si mesmo.

VENCENDO A COMPARAÇÃO

Se cada peça de um quebra-cabeça cumprir seu formato designado, teremos então uma paisagem montada.

Já parou para pensar que o fato de sermos tão diferentes uns dos outros não é algo que nos separa, mas que nos conecta ainda mais? Como seria viver em um mundo onde todos fossem iguais? Não fomos desenhados, tecidos e criados com propósitos iguais. Assumir a nossa identidade é responder ao chamado da vida e à jornada única que temos neste mundo.

Comparação sempre foi um monstro para mim. Desde muito cedo me peguei criando padrões de acordo com quem estava ao meu redor. Eu era baixa demais, esquisita demais, não era bonita o suficiente nem inteligente também. No fim das contas, eu sempre encontrava alguém "mais alguma coisa do que eu".

Se você pensa que ao se comparar você se coloca em um lugar de competição contra todos, está enganado, porque é uma competição contra a sua própria essência.

A comparação deve ser combatida, pois é como um monstro que suga a vitalidade e tira o foco da nossa própria vida. Ela pode chegar de mansinho e parecer inofensiva, mas não devemos tratá-la com misericórdia. Lembre-se: a liberdade de ser quem você é está em jogo.

Eu me lembro como se fosse hoje do dia em que eu criei uma conta na minha primeira rede social. Desde então, elas só cresceram e se tornaram uma extensão da nossa vida. Estamos vivendo uma fusão entre a vida on-line e a vida off-line. Você concorda?

Muitos culpam as redes sociais pela "onda de comparação e depreciação" que vivemos, e eu, na verdade, acredito que elas só potencializaram o que a gente nunca aprendeu a lidar: romantizar a vida do outro.

Olhamos para o jardim do vizinho e enxergamos uma imensidão verde (e, hoje, com os filtros, mais verde ainda) e olhamos para o nosso "jardim" e vemos a nossa realidade ordinária. E aí pensamos: *O que eu fiz de errado?* Ou pior: *Eu sou um grande erro.*

Comparamos a nossa vida comum com uma versão fajuta do que imaginamos ser a vida do outro. E isso é tão injusto!

E o mal que vem com a comparação não para por aí. Além de nos fazer depreciar a nossa vida, também nos conecta com a inveja. Como uma espécie de autodefesa, criamos uma raiva da outra pessoa; afinal, ela "nos lembra de quem a gente supostamente nunca poderá se tornar", "nos lembra das coisas que pensamos que nunca poderemos ter", "nos lembra dos lugares que pensamos que nunca poderemos conhecer" etc.

Agora me diz: existe misericórdia com algo que pode apodrecer dessa forma o nosso mais profundo interior?

Quando você se encontrar no meio do jogo da comparação, por favor, faça estas perguntas para si mesmo:

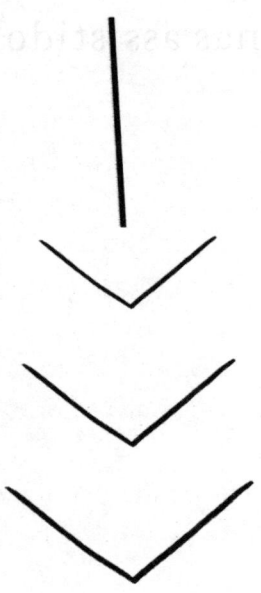

ONDE ESTOU?

Não é literalmente sobre localização geográfica, mas sobre onde você se encontra internamente. Você está focado na sua jornada ou você tem apenas assistido à do outro?

O QUE TEM NA MINHA MÃO?

Você tem sido fiel ao
que tem na mão hoje?
Tem sido fiel às suas
responsabilidades, às pessoas
à sua volta?

EXISTE UMA CORRIDA PARA VOCÊ CORRER. EXISTE UMA JORNADA PARA VOCÊ PERCORRER. E ELA NÃO SERÁ ENCONTRADA NA SUA TENTATIVA DE VIVER O QUE NÃO É SEU. ESCOLHA ABRAÇAR O QUE É SEU.

**Hoje eu acordei,
Olhei no espelho e disse:
"Eu amo te ver".**

==CONFORTÁVEL EM==
==SUA PRÓPRIA PELE==

Responda-me, minh'alma:
seria eu capaz de continuar,
mesmo quando todos dizem
"até aqui você irá"?

Eu espero que sim.

Eu declaro que sim.

Em 2017, eu criei um canal no YouTube com o intuito de compartilhar a minha vida, de me divertir fazendo o que sempre amei: criar. Apaixonada por vídeo, por edição e por comunicação, eu me aventurei em trocar o "por trás das câmeras" para estar na frente delas.

Entre vlogs divertidos, vídeos cantando músicas que amo, comendo comidas diferentes... até que um dia gravei um vídeo dando algumas dicas para conquistar amor-próprio. Eu não fazia ideia de que ele iria ganhar tanta repercussão e atrair tantas pessoas. Na época, com menos de um ano de canal, atingi a marca de 100 mil inscritos. Algo que eu jamais imaginei.

E, em resposta a esse crescimento, eu fui gravando mais e mais vídeos do mesmo segmento. Compartilhei coisas do fundo do meu coração para ajudar quem me acompanha. E fico muito feliz em saber que de alguma maneira funcionou.

Porém, com o passar do tempo, eu fui deixando de lado as outras inúmeras facetas da Thays. Eu não estava criando mais como antes, do jeito que eu amava; eu não estava mais tocando nem cantando como antes, e o pior de tudo: eu tinha medo de expor tudo isso. Criei uma mentalidade dentro de mim que dizia que eu apenas era digna do que havia feito nos últimos tempos.

A Thays que tanto tentava ajudar pessoas a assumirem suas próprias inadequações, personalidades e formas estava rejeitando sua "própria pele". Rejeitando sua imensidão.

O processo de escrever este livro tem me feito voltar para dentro de mim e olhar fundo, com olhos bem abertos para enxergar o que sempre esteve aqui dentro. E agora eu pergunto: você sabe o que está dentro de você? Sua essência, que muitas vezes tem gritado para sair e ser revelada ao mundo de forma autêntica e especial tem sido interrompida pela comparação e pelo medo de não se encaixar?

A verdade é que você não vai se encaixar.

Em meu processo criativo, navegar na internet em busca de inspiração é um método que uso bastante – muitas vezes não dá certo, mas tudo bem (risos). Houve momentos em que me vi perdendo muito tempo e não encontrando nada que ia ao encontro do que eu estava procurando. Olá, frustração.

O que acontece é que quanto mais olhamos ao nosso redor à procura de algo que esteja de acordo com a nossa imensidão interna, nos frustramos ainda mais pela nossa inadequação. No fundo, no fundo mesmo, estamos buscando encontrar "lá fora" o que já está dentro de nós, pronto para sair: nossa essência.

Estar confortável em nossa própria pele sempre vai ser desafiador se estivermos buscando um lugar onde todos são iguais.

Talvez o primeiro passo, então, seja ocupar o seu acento único, nessa sinfonia cheia de diversidade.

==ESTE É O CAPÍTULO MAIS DIFÍCIL==

(O PODER DO PERDÃO)

Que das feridas que foram saradas (algumas ainda não) flua amor para encontrar os que ainda estão perdidos.

Por amor, eu perdoarei.
Por amor, eu seguirei.

Este provavelmente é o capítulo mais difícil do livro. Entendo que na jornada de assumir a nossa autenticidade, uma das maiores dificuldades é lidar com a "desaprovação" externa, não é? Somos seres que vivemos em comunidade. Queremos sempre ter um senso de pertencimento e isso pode nos aprisionar.

Quantas vezes você foi considerado o estranho, o inadequado, o esquisito, o que "não poderia pertencer" a um grupo?

Perdoar aquela pessoa que por muito tempo aprisionou você com as palavras proferidas e a falta de fé na sua autenticidade é se LIBERTAR da própria prisão. É afirmar para tudo o que passou: *você não tem mais poder de liderar a minha vida. Eu deixo ir.*

Além disso, compreender que muitas vezes quem aprisionou você também está aprisionado pelos próprios conceitos e mentalidade é MUITO IMPORTANTE. E por amor a si, ao próximo e ao "movimento dos inadequados", o perdão é inegociável.

Mas e quando não "sentimos" que devemos perdoar?

A verdade é que quase nunca estaremos "sentindo que devemos perdoar", de fato, porque envolve muita coisa. Envolve nossa ferida que ainda está no processo de cura, envolve o medo de acontecer tudo novamente. Envolve muitos aspectos.

Mas lembre-se:

1. PERDOAR É UMA DECISÃO

O perdão é o primeiro passo para uma grande cura. Por mais magoado que esteja, abra as portas para que essa dor do passado possa ir embora, e então você poderá iniciar um novo capítulo.

2. PERDOAR ENVOLVE LIMITES

Se o que aconteceu envolveu
uma confiança que foi
quebrada ou algum outro
tipo de descoberta sobre esse
relacionamento, eu diria para
você: guarde seu coração.
Você pode perdoar e também
seguir em frente, sabia?

3. PERDOAR EXIGE CONHECIMENTO DA JORNADA

Este é o momento de
exercermos nossa empatia.
Mesmo que você tenha sido
magoado de alguma maneira,
entender que o outro está em
uma jornada diferente da sua
é muito importante.

Não há um ser humano sequer que não precise do perdão diariamente.

Apenas temos que tomar cuidado para que a falta de perdão em nosso coração não venha de um posicionamento de se achar "melhor" e mais "avançado" do que o outro.

"Mas se eu estivesse no lugar daquela pessoa, teria agido de maneira diferente."

Será?

"Se tivesse vivido o que o outro viveu", "se tivesse aprendido como o outro aprendeu", "se tivesse sido influenciado por tudo que o outro foi", "se tivesse a mesma história e o mesmo contexto que o outro teve..." Mas isso é praticamente impossível, não é? Cada um carrega consigo a própria visão de mundo.

Entenda, meu ponto não é querer justificar o erro do outro, mas fazer você compreender como o perdão pode libertá-lo e livrá-lo daquele peso extra que muitas vezes fica em seu coração.

Quantas pessoas você já conheceu que carregam o peso e o rancor de algo que aconteceu há vinte ou trinta anos? Você acha que elas estão livres do que aconteceu ou continuam aprisionadas?

No fim das contas, todos nós erramos. Já que não podemos negar a existência do errar nessa vida, precisamos aprender a lidar com isso da melhor maneira possível e, para isso, a ferramenta mais poderosa é o perdão.

EU ESPERO QUE VOCÊ
DECIDA HOJE DIZER SIM

AO PERDÃO QUE LIBERTA

DE TUDO O QUE JÁ HOUVE

E TE PREPARA PARA TUDO
O QUE AINDA VIRÁ...

SEJA LIVRE,
QUERIDO CORAÇÃO.

VIDA
ALÉM DO CAOS

Independentemente do que foi,

O que me espera ali

É precioso.

O seu dia hoje foi ruim? E ontem? Talvez algum dia na semana passada? Não importa quando ou como, todos nós já fomos apresentados ao tal "dia ruim". Muitas vezes o dia se torna uma semana, ou um mês inteiro.

Debaixo do sol, ninguém está isento de passar por tempos nublados e acinzentados. Mas com essa mesma certeza eu venho afirmar: um dia ruim não pode definir a nossa vida inteira.

Compreender que não podemos criar expectativas de viver uma vida linear (em que tudo é bom ou tudo é ruim) é compreender que a vida é dinâmica. É compreender que o ruim não precisa excluir o bom, e, também, que o bom não irá excluir as partes difíceis; eles dançam juntos e compõem algo belo.

Eu nunca me esqueci de uma frase que escutei de uma pessoa muito especial, a qual carrego no meu coração: "Sabe os dias bons? Eles vão passar. Mas, com essa mesma certeza, os dias ruins também".

O que eu espero de
nós (eu & você) é
que, como a natureza
dança no ritmo
de cada estação, eu
e você possamos
ter essa sabedoria
também.

Quando o verão chegar, vamos correr e colocar as nossas roupas de banho, e quando o inverno chegar, você pode ir acendendo a lareira enquanto vou pegar os casacos?

É preciso repetir: eu
não sou a minha estação
ruim. Eu não sou a
minha estação ruim.
Mas é preciso lembrar:
a forma que reajo à minha
estação ruim pode me
mudar por completo.
Positiva ou negativamente.

Um dia ruim não definirá minha vida inteira

VOCÊ FOI CRIADO

PARA A IMENSIDÃO.

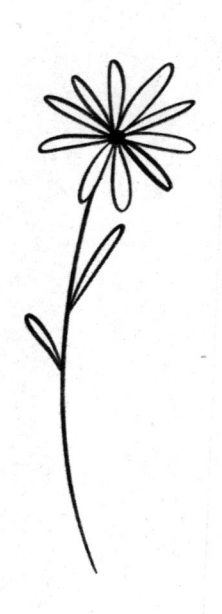

Que eu nunca perca a maravilha. Que eu nunca perca a sensação de "primeira vez", sabe? Que nada se torne comum diante de mim. A beleza do pôr do sol não pode se tornar comum, o canto dos pássaros não pode se tornar comum, o cheiro de chuva não pode se tornar comum, abraços, sorrisos e pessoas não podem se tornar comuns. Não, não, não! Porque senão eu apodreço por dentro, porque senão a esperança acaba e os sonhos morrem, porque senão eu deixarei de ser eu. Então, que eu nunca perca a maravilha.

Há muito mais do que tudo isso aqui, sabia? Há uma vida inteira para ser vivida. Há pessoas para conhecer e apreciar. Há um caráter para ser polido e sonhos para realizarmos. Há mais chazinhos para tomar de manhã e apreciar a vista da janela. Há mais coisas para sermos gratos. Ah! Como há!

    Desliga e vai olhar para o céu. Desliga e vai abraçar alguém querido. Desliga e vai passar tempo contigo. Desliga e vai cuidar de si! Desliga!

Há beleza
na imperfeição,
na fragilidade,
na sensibilidade,
na gentileza,
no afeto,
no recomeço.
Há beleza
na simplicidade!

TUDO NOVO

O que posso dizer? Mesmo sendo,
Eu não sou mais a mesma.

Se eu pudesse levar você a todas as vezes em que eu acordei de manhã e disse "Hoje vai ser diferente, hoje eu vou correr da comparação, hoje eu vou correr da luta contra o meu corpo, da luta contra a inadequação", no mínimo seria um tour bem cansativo. Se eu pudesse contar, perderia a conta.

Depois de muitos anos lutando contra o distúrbio alimentar, a comparação, a síndrome de inferioridade e me olhando de forma distorcida, percebi que, com as mesmas armas que eu me feria, eu tentava me curar. Criei um padrão para a minha própria transformação, um pódio para quando alcançasse a linha de chegada, e, toda vez que falhava, eu me afundava ainda mais.

Se vamos falar de padrão, saiba que o fato é que cada um tem o seu. Único e desenhado de forma especial. E se eu pudesse desenhar para que você entendesse melhor... espera, eu posso, sim:

PADRÃO A

PADRÃO B

O padrão é desenhado para você, eu já te disse? No seu formato, só que bem maior do que você é hoje. Uma espécie de roupa desenhada e costurada, e quanto mais você cresce, mais você se encaixa.

E o que acontece quando não assumimos e abraçamos esse molde? Não conseguimos avançar. Tente colocar uma bola em um molde quadrado e verá: não se encaixa. Seria injusto dizer que a bola é um erro, ou que o molde quadrado está danificado, a verdade é: um não foi feito para o outro.

Com o passar dos anos tentando crescer dentro de um molde que nunca foi feito para mim e de ter uma história que não era minha, eu desisti. Desisti de negar o meu molde.

Disse "sim" e o abracei (e tento abraçá-lo todos os dias) e descobri: há um grande poder no nosso "sim".

Não há mudança sem dor. Não há mudança sem a agonia da abstinência do conforto. Porém, todo e qualquer sofrimento é substituído por um alívio por não ter permanecido o mesmo.

Estamos felizes ou estamos estagnados e confortáveis demais?

Estamos livres para sermos quem somos ou estamos negligenciando a transformação para sermos pessoas melhores?

Não abra mão de correr a corrida desconfortável e desafiadora que leva à mudança.

O que eu posso garantir é: você nunca estará sozinho ali.

3 coisas para dizer não:

1. PERFEIÇÃO INALCANÇÁVEL
2. O POTENCIAL COMPRIMIDO
3. O CAMINHO MAIS FÁCIL

RESPIRA FUNDO

NESTE MOMENTO. AQUI.
PRESENTE.

O CÉU CONTINUA AZUL

Para um momento, tal qual como este, você chegou aqui.

Quem disse que estava atrasado?

ESPECIAL
E
ADMIRÁVEL

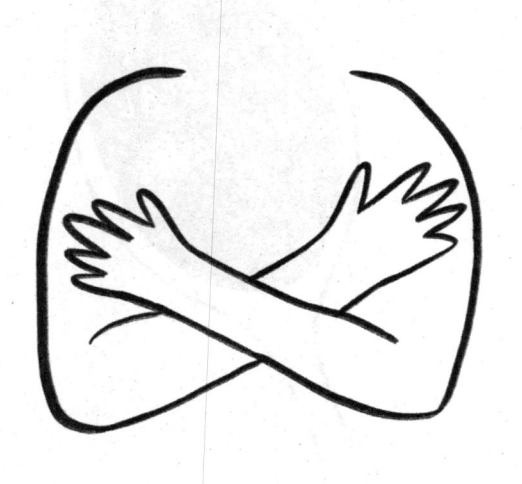

HOJE EU ACORDEI
VESTIDA DE MIM

QUE CONFORTO
ENCONTREI EM

DESPRETENSIOSAMENTE
ABRAÇAR

A MINHA ROUPA
FAVORITA.

ARA VIVER QUEM VOCÊ É LIBERDADE PARA
LIBERDADE PARA VIVER QUEM VOCÊ É LIB
DADE PARA VIVER QUEM VOCÊ É LIBERDA
ARA VIVER QUEM VOCÊ É **LIBERDADE** PARA
ARA VIVER QUEM VOCÊ É LIBERDADE PARA
LIBERDADE **PARA** VIVER QUEM VOCÊ É LIB
DADE PARA VIVER QUEM VOCÊ É LIBERDA
ARA **VIVER** QUEM VOCÊ É LIBERDADE PARA
ARA VIVER QUEM VOCÊ É LIBERDADE PARA
LIBERDADE PARA VIVER **QUEM** VOCÊ É LIB
DADE PARA VIVER QUEM VOCÊ É LIBERDA
ARA VIVER QUEM **VOCÊ** É LIBERDADE PARA
ARA VIVER QUEM VOCÊ É LIBERDADE PARA
LIBERDADE PARA VIVER QUEM VOCÊ É LIB
DADE PARA VIVER QUEM VOCÊ É LIBERDA
ARA VIVER QUEM VOCÊ **É** LIBERDADE PARA
ARA VIVER QUEM VOCÊ É LIBERDADE PARA
LIBERDADE PARA VIVER QUEM VOCÊ É LIB
DADE PARA VIVER QUEM VOCÊ É LIBERDAD
ARA VIVER QUEM VOCÊ É LIBERDADE PARA
ARA VIVER QUEM VOCÊ É LIBERDADE PARA
LIBERDADE PARA VIVER QUEM VOCÊ É LIB

Que a falta de sabedoria
de alguém não

Te aprisione e roube de ti
a liberdade para

Viver quem você é.

FEITO DE
PROPÓSITO

SOMOS UMA COMPOSIÇÃO DE FORMAS DESEJADAS POR UM CRIADOR CRIATIVO

Eu me lembro, como se fosse hoje, do dia em que ganhei a minha primeira câmera fotográfica. Como eu estava feliz! Posso dizer que desde muito cedo eu tinha os dois pés enfiados na caixa de "artes e afins". Amava rabiscar em papel, errar acordes no violão e mudar as cores de alguma foto no computador, entre outras coisas.

O coração pulsava e gritava: "Vai criar, menina!".

Chegando ao ensino médio, aproximava-se a tal famosa hora de "escolher-o-que-você-fará-pelo-resto-da-vida", e com ela também o medo. Onde eu morava e naquela época cursar uma faculdade da área criativa não era sequer uma opção a se pensar. (Dependendo do ano em que você nasceu, você vai entender o que estou dizendo.)

O que eu iria fazer? Não havia outra coisa que eu amaria fazer pelo "resto-da-vida". O que me restava, então, era enfrentar o medo e dizer ao meu pai: "Pai, eu quero cursar Publicidade e Propaganda". Eu poderia dizer que a reação dele foi supertranquila, mas não. Ele ficou, no mínimo, preocupado.

Eu entendia que a ideia de me ver cursando algo que não fosse Direito ou Medicina trazia um pouco de preocupação. Ele queria o meu bem, queria que eu prosperasse. E, na visão de mundo dele, naquela época, era o que ele pensava ser o melhor para mim. (Pai, se você estiver lendo isso, eu te amo! Obrigada por tudo. Aprendemos tanto juntos, né?)

De dentro de mim, saiu uma força que jamais imaginei ter. Uma força para assumir o que transbordava dentro de mim, e eu disse: "Pai, eu jamais conseguirei ser essa pessoa. Essa não sou eu".

"Essa não sou eu."

E quem eu era? Eu era a Thays.

O que transborda de dentro de você? O que você faz com facilidade? As respostas a essas perguntas estarão interligadas ao propósito único que você tem. Eu não creio que o que foi derramado dentro de ti quando você foi criado tenha sido um grande engano. Não creio que o Criador tenha pregado uma grande peça em você.

Você pode, no entanto, me dizer: "Mas eu não sei qual é o meu propósito".

Eu compreendo que, para muitas pessoas, "perceber a si mesmo" é algo difícil. Pode ser pela correria da vida, pode ser pelo fato de você não se achar digno, pode ser por você estar assistindo tanto aos outros que tem se esquecido de perceber a si.

Hoje, quero encorajar você a viver realmente a sua vida aberto a enxergar o que tem aí dentro. Já é hora de sair do banco de espectador e de parar de viver uma vida que não é sua.
Viva.
Perceba.
Ame o que você ama.
Seja.
Sonhe.
Transborde.

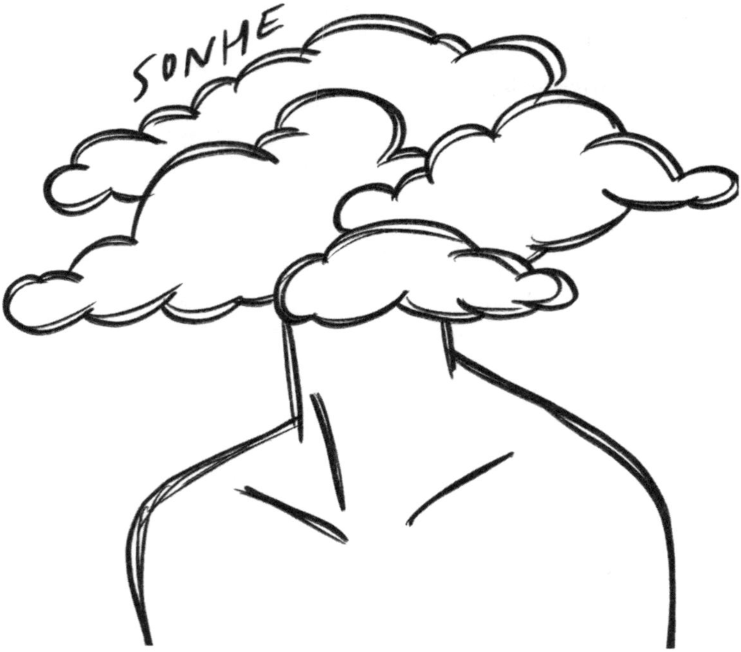
SONHE

Sonhar.

Quase uma ação vital do ser humano.
Uma realidade que tem como matéria-prima a essência
Aquela que existe dentro de cada um.

Quando escritos em papel,
Os sonhos se tornam metas.
Somente metas.

Transformados em ação, se tornam
Parte de quem fomos criados para ser.

Mas e quando apenas os guardamos dentro de nós?
E quando não tomamos nenhuma atitude para
torná-los realidade?

Tornam-se peças destinadas ao esquecimento...
Que talvez hoje você nem se lembra mais.

Quantas vezes a zona de conforto te distanciou do que você nasceu para fazer? Quantos sonhos você deixou de lado para viver os de outra pessoa?

Você é único.

Então faça um favor para si e para o mundo:

Sonhe e seja.

DO OUTRO
LADO DO MEDO

Ela descobriu que do outro lado do medo

Havia mais do que ela imaginava.

Em 2014, viajei de avião sozinha pela primeira vez. Eu embarcava para uma das experiências mais loucas da minha vida: ia morar na Austrália, um lugar até então totalmente desconhecido para mim, com pessoas que jamais vi na vida (minhas colegas de quarto) e não falaria a minha língua primária por boa parte do dia.

Durante as inúmeras horas de viagem, o frio na barriga estava presente, e nem era por causa das turbulências. Na minha cabeça passava tanta coisa. Eu tinha tanto medo.

Eu tinha medo do que iam pensar de mim, de qual seria a primeira impressão que eu iria deixar; eu tinha medo de não entender as pessoas e que de alguma maneira isso fosse dificultar o meu dia a dia. Eu tinha medo, caro leitor. E quem nunca, né?

Agora, aqui, escrevendo para você, e relembrando esse momento marcante na minha vida, sinto um misto de choro e riso. A Thays que estava sentada naquele avião não tinha a mínima ideia do que esperava por ela do outro lado do medo de ser quem ela era.

Entre as diversas coisas que a minha estadia na Austrália me ensinou, uma delas foi que *nem sempre as coisas acontecem como imaginamos, mas não podemos fugir de viver.*

Uma das primeiras atividades que eu tive que participar quando cheguei à Austrália era ir para o *lounge* de boas-vindas dos estudantes. Além de ter que preencher vários papéis, aquele seria o momento em que eu iria conhecer meus primeiros amigos, eu imaginava.

Antes de sair da casa em que eu estava hospedada, resolvi desfazer a mala e deixar tudo o mais arrumado possível. Para não ter que me preocupar em comprar coisas de higiene pessoal quando chegasse à Austrália, levei comigo alguns produtos de cabelo. Eu havia lacrado a tampa de cada um deles com uma fita adesiva para não derramar produto na mala. Com os dentes, comecei a tirar a fita adesiva (péssima ideia).

Depois de ter acabado, percebi que algo estava faltando. Querido leitor, grande parte do meu dente da frente estava faltando.

Preciso comentar que entrei em desespero e que comecei a chorar como louca? Não preciso, né?

E foi nesse exato momento que a porta do quarto se abriu e eu tive a oportunidade de conhecer a minha companheira de quarto, Sarah. Que bela apresentação, não é mesmo?

A imagem que a Sarah viu foi mais ou menos assim: uma garota desconhecida chorando em posição fetal no canto direito do quarto ~~e falando em uma língua que ela não compreendia~~, com vários frascos de produto jogados no chão. No mínimo confuso.

O que posso dizer é que Sarah e eu nos tornamos melhores amigas, o dente foi consertado ~~(custou uma fortuna)~~ e eu aprendi que muita coisa acontece quando você escolhe, mesmo com medo, sair da zona de conforto e viver.

Com a minha introdução desajeitada (e não planejada), eu pude ter um primeiro contato real e vulnerável com uma pessoa que ia se tornar alguém muito importante para mim. Máscaras não foram envolvidas desde o primeiro momento.

Do outro lado do medo de ser quem você é, do medo de arriscar e de correr atrás de seus sonhos, há muito mais do que você imagina – e é muito precioso.

Quero pontuar:

1. CREIA NO QUE QUEIMA EM SEU CORAÇÃO

Quantos sonhos e objetivos você deixou de lado por conta do medo? Creio que alguns deles até nem existem mais, né? Chegou o momento de os seus sonhos reviverem!

2. AS COISAS PODEM ACONTECER COMO NÃO ESPERAMOS (E ESTÁ TUDO BEM)

Quando decidimos sair da
zona do medo e do conforto,
muita coisa pode acontecer
diferente de como a gente
imaginou. Eu, por exemplo,
jamais imaginei chegar à
Austrália e ter de, sozinha,
encontrar um dentista e
tentar explicar, em outro
idioma, como poderiam
me ajudar. Porém, esse
acontecimento fez parte
do meu grande processo
de amadurecimento – e,
de quebra, me deixou
uma história no mínimo
engraçada para contar.

3. O OUTRO LADO DO MEDO É GRANDIOSO

Muitas vezes, querendo excluir os desafios e as partes difíceis da vida, excluímos também a possibilidade de viver coisas grandiosas e incríveis. Não tem como excluir um e ainda ter o outro, ambos estão dentro de uma caixa chamada vida.

Não pense que esse pequeno desafio foi o único que a Austrália me trouxe. Estar do outro lado do medo é desafiador, mas eu garanto: você não será o mesmo.

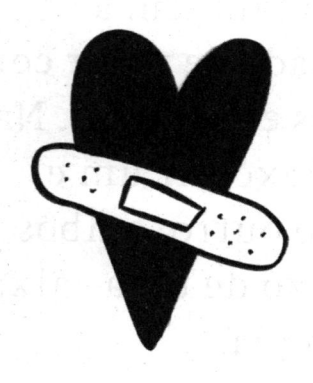

APESAR DOS PESARES,
CONTINUE

APESAR DO QUE SE FOI,
VÁ ADIANTE

APESAR DAS FERIDAS, AVANCE
EM CURA

APESAR DOS
DESENTENDIMENTOS...
ENTENDA-SE AMANDO
(A SI E AO PRÓXIMO)

APESAR DE PERDIDA(O),
ENCONTRADA(O)

APESAR. A PESAR?

NÃO.

NÃO OXIDE,
QUERIDO CORAÇÃO.

O ALIMENTO

DE CADA DIA

Todos os dias recebemos informações de todos os lugares: redes sociais, mídia, televisão, música, conversas, revistas. Não importa aonde formos, seremos bombardeados.

É tanta coisa ao mesmo tempo, que me pergunto como nosso cérebro dá conta de tanto armazenamento... E também me faz pensar: depois que cada informação entra, qual o efeito dela em nossa vida? Não é possível que não nos afete de alguma maneira.

As redes sociais fizeram parte da minha adolescência. Na minha época, a mais usada era o Orkut. Aos fins de semana, eu passava horas naquela plataforma. Olhando para trás, percebo o quanto do que vivi naquela época influenciou meu estado mental e emocional.

Quantas vezes eu me peguei vendo, o dia inteiro, fotos e perfis de meninas que eu considerava bonitas, que eu admirava de alguma maneira. Aquilo entrava em mim, eu me comparava, e em segundos eu estava me sentindo "não merecedora", "sem valor" e "insuficiente".

Entenda, eu não acredito que o problema está simplesmente nas coisas em si, mas na prioridade, na relevância e na importância que damos a essas coisas. Elas se tornam vozes que irão reger a nossa vida, se assim a gente permitir.

As redes sociais podem nos levar a passar muito tempo assistindo à vida de outras pessoas, e isso pode nos fazer esquecer que a nossa própria vida é digna e valorosa o bastante.

Tudo que entra e alimenta nossa alma vai exercer uma grande influência na forma como enxergamos e agimos no nosso exterior.

Mesmo com a intensidade de informações que chegam até nós, podemos filtrar de forma racional aquilo que está indo para dentro de nós. Pare de seguir se for preciso e foque seus olhos e ouvidos em coisas que irão somar na sua vida, que irão fortalecer a pessoa que você é e a pessoa que você está se tornando.

LEMBRETE

VOCÊ É MERECEDOR DE UMA VIDA MARAVILHOSA

NO FINAL
DO DIA,

DEITAVA
FELIZ.

SABIA QUE
HAVIA VIVIDO

ALGO SEU.

**Que meu coração
venha a se lembrar**

**Daquilo que um
dia ouviu,**

**Daquilo que um
dia enxergou,**

**Daquilo que um dia
a esperança mostrou.**

RAÍZES PROFUNDAS

Eu quero ser como uma árvore de raízes profundas.

A ventania veio, a chuva caiu e ela permaneceu.

Ramon, meu marido, cursou Arquitetura alguns anos atrás. Hoje ele não trabalha na área, mas posso dizer que essa experiência trouxe muitos ensinamentos para ele. Um dia, ele me contou uma história de quando sua turma teve que fazer um projeto de um prédio com uma maquete, com a ajuda dos alunos de Engenharia Civil, para montarem a estrutura.

Cada aluno poderia escolher o seu tema e a cidade que serviria como base criativa. Ele escolheu criar um museu de história da arte que ficaria localizado em Praga. Esse museu tinha uma estrutura cheia de pentágonos, que até lembrava uma bola de futebol. Ramon tirou a medida de cada um deles e foi encaixando. Como base, ele apenas desenhou um risco, pois não tinha a medida.

Ele, então, foi para o laboratório de engenharia para já montar o esqueleto da estrutura. Chegando lá, o engenheiro que estava ajudando-o perguntou: "Qual é a medida da base?". Ramon disse: "Eu não sei. Quando terminar de fazer todos os pentágonos, eu vou ter essa medida". E o engenheiro argumentou: "Como você vai construir um prédio sem construir o alicerce primeiro?".

Ou seja, não tem como construir coisa alguma sem uma base fortalecida. Então, eu pergunto a você: como anda a sua base de convicções, que firmam a sua identidade?

Se estabelecermos como verdade tudo o que as outras pessoas dizem sobre nós, sempre estaremos correndo atrás do vento. Instáveis e voláteis. Em um momento iremos agradar; no outro, iremos frustrar. Nunca conseguiremos atingir o suposto "padrão" adequado.

E como isso pode impactar a sua vida? Você será uma pessoa que não conhece nem a si mesma.

Na minha jornada de construir a minha fundação e estabelecer as minhas convicções, com certeza a fé em um Criador que me ama e que não me fez por acaso foi inegociável. Todas as vezes que qualquer pensamento ruim sobre mim vinha à mente, eu tinha como rebatê-lo, pensando: *Eu sei que sou amada. Eu não sou um acidente.*

Confesso que por muito tempo tive que ler e reler todas as convicções que havia escrito em um papel. Eu precisava relembrar, eu precisava falar em voz alta para de fato ouvir o que eu mesma estava falando.

Creio que esse possa ser o primeiro passo para você também. Que tal você escrever algumas convicções sobre você? Se tiver dificuldade por conta da insegurança que carrega, pode usar a frase ao lado:

Eu sou amado(a), e eu não sou um acidente. Existe um plano e um propósito para a minha vida. Eu digo isso com muita convicção.

Eu espero que você
comece a notar

A beleza no simples,
no ordinário e

No inadequado
da vida.

LUGAR SEGURO

Em meio a tanta coisa, não há nada tão precioso quanto o lugar seguro que encontramos nas pessoas que amamos e que nos amam. Um lugar onde máscaras não entram, onde a compreensão e o amor vêm antes do julgamento.

Eu sei que para muitos um lugar como esse é uma grande utopia. Você pode nunca ter vivido algo assim, ou pode ter sofrido com uma grande decepção. Sendo a primeira ou segunda (ou talvez uma terceira) opção, eu quero desafiar você a crer na existência desse tipo de relacionamento.

Não fomos criados para a independência que nos leva ao isolamento. É com pessoas que compartilhamos vida, é com pessoas que crescemos e que temos o nosso estado interior revelado. Lembre-se: não há máscara segura o bastante que se sustente no meio de um relacionamento com raízes profundas.

Então fugir das pessoas é fugir de olhar para si mesmo.

Na época em que eu estava na escola, eu me lembro de como era desafiador chegar até minha sala de aula. O fato de eu ter que caminhar sozinha nos corredores me trazia desespero. Eu tinha medo dos olhares, medo das pessoas que eu poderia encontrar no meio do caminho. Encontrei na música uma segurança, e meus fones de ouvido se tornaram o meu escudo de proteção.

Chegando à sala de aula, eu encontrava "os meus". Respirava fundo e pensava: *Agora sim*.

Entenda, eu não quero que você ache que o que eu sentia antes de encontrar meus amigos era algo normal. De fato, eu lidava com um grande vício de agradar as pessoas e uma insegurança enorme. O que eu mais quero é que você compreenda a importância de construir relacionamentos fortes e que funcionem como a nossa rede de apoio, que são um respirar profundo depois de passar muito tempo segurando o fôlego debaixo d'água.

Levando em consideração o que estou falando aqui, creio que você pode estar em uma destas duas situações:

1) Você não conhece nenhum relacionamento desse tipo.
2) Você sorriu e alguns nomes passaram na sua mente.

Para você que se encontra no grupo 1, eu quero te desafiar a estar aberto para se relacionar. O que se passou com você pode ter sido doloroso, mas o que te espera é glorioso.

Assim como alguém que se arrisca colocando sementes em um vasinho, rega e crê que dali pode sair uma bela plantinha, assim somos nós cultivando relacionamentos. É incerto, mas é aí que a fé entra.

A seguir, uma lista de coisas que acho indispensável na hora de construir qualquer relacionamento.

1. SEJA VOCÊ!

Desde o início, seja você mesmo, não vale a pena criar uma nova versão para agradar aos outros. Seja você e creio que dessa maneira você também dará ao outro a liberdade de ser quem é.

2. SEJA PROATIVO!

Todo relacionamento é uma via de mão dupla. Como aqui estou falando com você, quero te incentivar a fazer a sua parte. (Tomara que seu amigo também leia este livro, para que eu possa ajudar os dois lados do relacionamento - risos.)

3. SEJA CONSCIENTE!

Consciente de que o
outro não é igual a você,
consciente de que cada um
tem uma jornada diferente,
consciente. Muitas vezes nos
frustramos com o outro por
esperar dele coisas que, na
nossa cabeça, nós faríamos.
Cada um é diferente e
todos têm muito a ensinar
também. Esteja aberto!

E se você já possui um lugar seguro para chamar de seu, aqui vai a minha dica: *celebre sua comunidade!*

Não há relacionamento bom o suficiente que não mereça ser cultivado e regado. Seja grato por cada um que faz parte desse lugar na sua vida.

SEJA GRATO,

APRECIE,

CULTIVE,

AME!

EU SOU
GRATO POR ...

Em maio de 2016, eu me desafiei a, todos os dias, ser grata por pelo menos cinco coisas durante trinta dias. Eu precisava fazer alguma coisa por mim. Eu precisava ser intencional em mudar o meu olhar para a vida e para mim mesma. Chamei esse desafio de "30 dias de gratidão".

Diariamente, o mais desafiador era sentir aquela inspiração que vinha lá de dentro. Um riso ou uma satisfação, para eu, então, agradecer. Porém, eu mal sabia que se esperasse por isso diariamente, não seria grata por coisa alguma.

O que me levou a aprender que existem dois tipos de gratidão: aquela que a gente sente quando algo muito incrível acontece e a que a gente racionalmente deve pôr em prática.

Os dias e as semanas se passaram e, ao final dos trinta dias, eu posso garantir que eu não era mais a mesma.

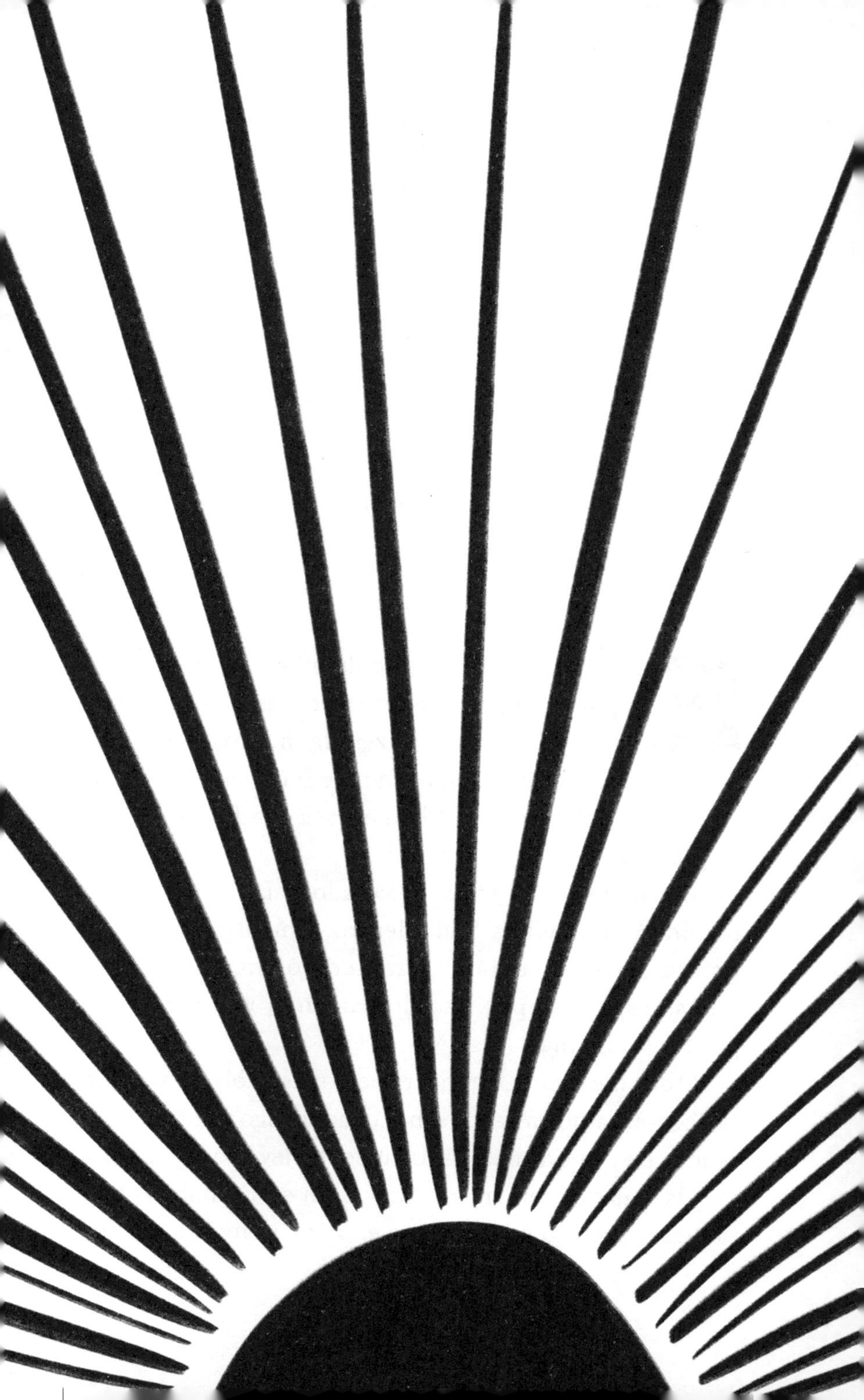

a gratidão me ensinou a encontrar ouro na simplicidade da vida

A gratidão intencional havia se tornado os meus mais novos óculos que me faziam enxergar tudo ao meu redor de modo diferente.

Eu conseguia ver além de qualquer insatisfação.

Você já testou o poder da gratidão na sua vida? (Lembre-se de que mesmo "não sentindo", você pode ser grato intencionalmente, tá?).

Eu me lembro de que, em alguns dias, os motivos da minha gratidão podiam ser por algum acontecimento mundial, pela cura de alguém querido, mas em outros dias eles eram simples e singelos: "Eu sou grata pelo céu azul"; "Eu sou grata por estar viva no dia de hoje".

A gratidão me ensinou a encontrar ouro na simplicidade da vida.

Se você, assim como eu, está na jornada de descobrir mais sobre si e assumir a sua autenticidade, a gratidão deve ser sua companheira. Ela pode ajudar você a se enxergar de forma diferente e a valorizar coisas em si mesmo.

Com base nas inúmeras coisas que aprendi, ela me ensinou a:

1. VER AS SITUAÇÕES DE UMA FORMA DIFERENTE

A gratidão tem poder de transformar frustração em aprendizado; transformar queda em mais uma chance de recomeçar; transformar uma característica nossa em algo a ser valorizado.

2. TER OS OLHOS FIXOS NO PRESENTE

A gratidão me ensinou a ver cada dia como um presente que me foi dado e a vivê-lo! Vivê-lo sabendo que estou fazendo o que posso hoje. E o passado? E o futuro? Ela me ensinou a olhar para o que já se foi e a agradecer, mas também a olhar para a frente com olhos cheios de esperança.

3. COMPREENDER A VERDADEIRA PLENITUDE

Você sempre sente que tem algo faltando? Que você poderia ter feito isso e aquilo se tivesse isso e aquilo outro? A gratidão nos faz focar no que já temos e nos influencia a usar a criatividade para multiplicar o que está em nossas mãos.

Se você ainda não sabe como pode ser intencional em aplicar a gratidão na sua vida, aqui vão algumas dicas:

BOM DIA, GRATIDÃO

Que tal incluir a gratidão na sua rotina matinal? Ela pode fazer dupla com a sua xícara de café ou até mesmo vir entre o shampoo e o condicionador durante seu banho.

ESCREVA GRATIDÃO

Algo muito poderoso acontece quando a gente tira uma ideia de dentro da nossa cabeça e traz para o mundo real em forma de palavras. Escrever é poderoso.

ACREDITO QUE HÁ
UM PODER INEXPLICÁVEL
E TRANSFORMADOR
QUANDO TOMAMOS
A DIREÇÃO DA NOSSA
VIDA E DECIDIMOS NÃO
VIVER COMO VÍTIMAS DE
NOSSAS CIRCUNSTÂNCIAS.
ACREDITO NO PODER DE
UMA GRATIDÃO ESCOLHIDA
- APESAR DO QUE ESTAMOS
SENTINDO E VIVENDO.

Bom dia, gratidão

Escreva gratidão

SIMPLICIDADE DIÁRIA

Eu espero que a simplicidade diária

Se transforme em algo grandioso

A ser celebrado a cada dia.

E ALI ESTAVA,
OLHANDO PARA
O PASSADO COM

OLHOS DE GRATIDÃO
E OLHANDO PARA
O FUTURO

COM OLHOS DE
ESPERANÇA.

O GRANDE
DESCONHECIDO
DE SER

São praticamente 1h30 de uma madrugada úmida. Eu poderia estar dormindo, mas escolhi sonhar acordada. O "grande Desconhecido" havia tirado o meu sono. Sou alguém que cria expectativas, sonha e cria planos. Deveria, automaticamente, rejeitar o que não posso controlar, o "imprevisível", aquelas famosas surpresas. Mas me pego ansiando por elas. Estranho, não? Talvez nem tanto.

Foi no Desconhecido o lugar do meu real encontro, foi o lugar de encontro verdadeiro com quem sou e quem irei ser um dia. O Desconhecido me fortaleceu, me trouxe palavras de amor em meio à seca de um coração aflito, me ensinou a andar em solo escorregadio, a frear palavras e pensamentos desnecessários, a olhar nos olhos do outro e ter misericórdia, a sentir mais, a sorrir mais, a chorar mais quando necessário. Mas, além de tudo, o Desconhecido me ensinou a entregar, a render tudo. Tudo de mim. Tudo que tinha. Agora, o que me restou? Eu direi: a liberdade de me encontrar totalmente entregue.

A EMPATIA QUE TRANSFORMA

Eu espero que você seja livre

A ponto de dar ao outro o direito

De ser também.

Nessa nossa jornada de compreender a nossa autenticidade, é muito importante que a gente não caia na armadilha de criar um novo padrão e tentar encaixar as pessoas ao nosso redor dentro dele. Se você foi chamado para a liberdade, dê direito ao outro de ser chamado também.

Eu espero que nosso coração seja trabalhado para exercer ainda mais amor para com o outro e que por meio de cada ferida em processo de cura saia empatia.

Há alguns anos, eu ouvi pela primeira vez a palavra "empatia". Sou grata pela sua popularização, pois sei a importância que teve na minha vida e na de muitas pessoas.

E para você que pode estar se perguntando qual o significado dela: basicamente é a capacidade de sentir o que outra pessoa sentiria se você estivesse na situação que ela está vivendo.

Sendo bem sincera com você, hoje eu tenho uma visão diferente em relação à empatia. Eu sei que cada pessoa tem uma história e uma vivência única. É difícil, sim, compreender 100% o que uma pessoa pode estar vivendo, pois não temos a mesma "bagagem". Só porque podemos ter vivido algo semelhante, não quer dizer que sabemos exatamente o que está se passando dentro de alguém.

Então, como fazer? Como você pode agir em empatia e amor com alguém? Acredito que a resposta esteja em compreender que ela se encontra na "escolha de se importar", mesmo você sendo tão diferente dos outros. Aliás, sem diferença não existiria empatia.

A empatia vem para nos conectar ainda mais, vem fortalecer o nosso senso de comunidade. "Eu posso não compreender totalmente o que você sente, mas eu estou aqui."

Quantas vezes você precisou da empatia do outro? Quantas vezes foi isso que alguém que você conhece e que passou por uma situação difícil também precisou? Nesse momento, não tem como jogar o jogo dos padrões. Nesse momento, não deve haver competição. Apenas duas pessoas inadequadas dando suporte uma para a outra.

Vamos praticar empatia? Neste momento, coloque este livro de lado por um instante e envie uma mensagem ou ligue para aquela pessoa que você pensou precisar de empatia ao ler este texto. Você pode ser a presença cheia de empatia e amor no momento difícil na vida dela.

REAL
E
BAGUNÇADO > PERFEITO
(INEXISTENTE)

Não tenha medo do real e bagunçado,

pelo menos ele está disposto a avançar.

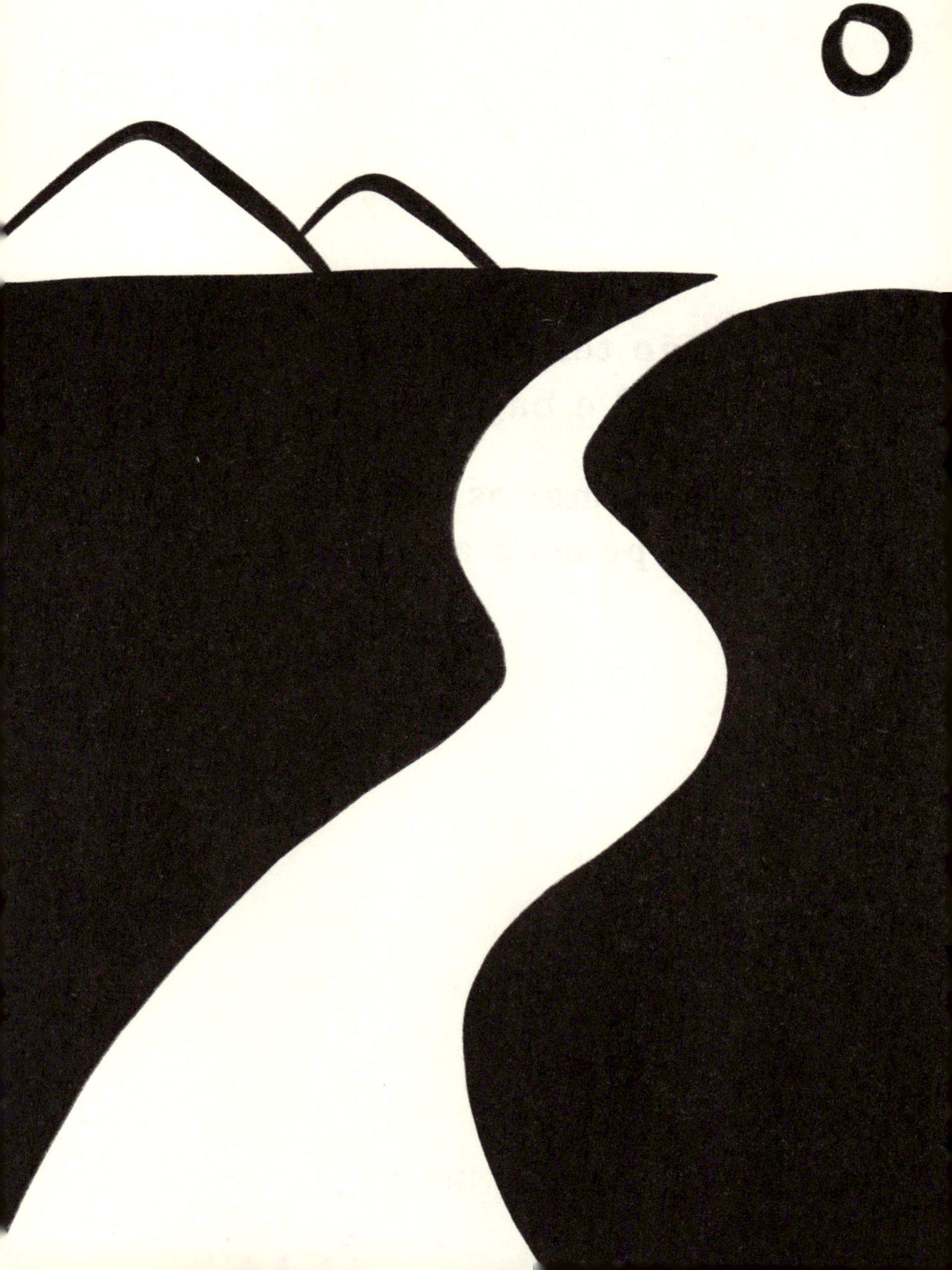

Um passo de cada vez

É melhor do que ficar parado para sempre.

LEMBRETE:

- EU NÃO PRECISO SER IGUAL A NINGUÉM

- EU SOU VALOROSO DENTRO DA MINHA AUTENTICIDADE

E cansado de ser coadjuvante,

Assumi o protagonismo da minha própria história.

(descobri uma vida abundante para ser vivida)

PERFEITAMENTE

IMPERFEITO

MESMO CHEIO
DE NUVENS,

O CÉU CONTINUA
AZUL, TÁ?

UM LEMBRETE
IMPORTANTE

Com o corre-corre da vida, com a quantidade de informações que recebemos todos os dias, muitas vezes nos esquecemos de que precisamos ter atitudes de cuidado, atenção e amor com nós mesmos.

Você já experimentou respirar bem fundo e sentir o prazer de estar vivo? Você já tomou aquele gole de água que parecia lavar sua alma por inteiro? Já experimentou rir de si mesmo e consigo mesmo? Você já tentou escrever num papel coisas que admira em você? Eu sei que é difícil no começo, mas tenta! Você vai aprender muito com esse exercício. Você já passou algum tempo se olhando no espelho e sendo grato por cada traço único que é só seu? Já se orgulhou por ter chegado até aqui? Já parou para admirar as suas perfeitas imperfeições?

Não deixe que a correria da vida roube de você a experiência única de conhecer a si mesmo. Não deixe que o tempo passe tão rápido que não te deixe ver o quão especial você é.

Para viver uma vida abundante e leve, o primeiro passo é amar o companheiro de viagem, e o nosso companheiro eterno é a gente. Você convive consigo todos os dias. Então que maravilhoso seria se amar, se aceitar e cuidar de si, né?

Não se esqueça de que você foi criado de forma especial e admirável. Eu falo isso com convicção. Eu sei que você foi criado pelo Criador com muito cuidado. Ele te criou com as próprias mãos, e os olhos Dele te viram antes mesmo de você existir.

MAQUIAGEM DIÁRIA

Não tente se esconder atrás dela, não. Não a use pensando em ser aceito ou como se ela fosse uma máscara e você precisasse se esconder atrás dela. Use-a como uma forma de passar um tempo contigo, olhando-se no espelho. Coloque uma música. Faça desse momento um momento seu. Para olhar para si, para cuidar de si, para te dar atenção. Que esse seja um momento especial e único, sabe? Não negociável.

O problema não está nas coisas em si, mas em como nós tratamos essas coisas e no poder que a gente dá a elas.

Não dê para a maquiagem um poder que ela não tem: que é o de fazer você ser aceito ou não, fazer você se amar ou não.

A SUA MELHOR VERSÃO

Como seria a melhor versão de você mesmo? Como você imagina? Como você idealiza? Que tipo de vida essa pessoa estaria vivendo? Que horas ela acordaria? O que ela estaria comendo? Com o que ela iria trabalhar? O que ela iria comer durante o dia? O que ela iria vestir? Enfim, como seria essa pessoa?

Bem... O que impede você de *ser* essa pessoa? O que impede você de se tornar a sua melhor versão?

Como temos pensamentos limitantes sobre nós mesmos, né? Muitas vezes olhamos para "aquela pessoa" que a gente deseja ser e pensamos o quanto ela está distante da pessoa que a gente é agora. Às vezes nem está tanto assim, são pequenas coisas, pequenos novos hábitos diários que você pode tomar a decisão de ter hoje, que vão fazer com que você se torne essa pessoa que você deseja ser: a melhor versão de si mesmo. Se você quer ter uma rotina diária de exercícios físicos ou se você deseja ter o hábito da leitura, você pode, sim, ir do 8 ao 80 e amanhã acordar às 6 horas da manhã e ir para a academia ou simplesmente ter uma meta diária de leitura por dia.

O segredo está nas pequenas mudanças do dia a dia.

Ajuste o seu relógio para acordar trinta minutos mais cedo, depois mais trinta minutos. Leia uma página de um livro por dia, depois mais duas e depois mais três. Nós perdemos ao querer dar longos passos, e desmerecemos os pequenos passos diários. Não damos importância para aqueles pequenos passos, que, no fim, tornam-se uma caminhada inteira.

Se você quer ter uma árvore enorme e frutífera daqui a dez anos, qual o melhor momento para plantá-la?

O melhor momento é agora!

Toda árvore, antes de se tornar gigantesca, começou como uma pequena semente.

Um passo de cada vez

e isso vai te levar

até a linha de chegada

da sua própria história.

O SEU VALOR
NÃO ESTÁ NO QUE
VOCÊ ALCANÇOU

OU NÃO ATÉ HOJE.

E pouco a pouco,

Você foi crescendo e

Se tornando mais e mais

Forte e corajoso.

(estou orgulhosa de você)

DO OUTRO LADO DA TELA

Não se limite ao pequeno percentual do que você vê nas redes sociais, porque a realidade é muito mais vasta e profunda, não dá para limitá-la a uma tela. Cada um ali apresentado é, na verdade, muito mais do que mostra, porque essa vitrine é pequena e rasa demais para poder representar qualquer pessoa por completo.

O valor de ninguém está em números de seguidores, em pertences ou na quantidade de likes recebidos. O seu valor está em você, nasceu com você, e você nunca irá perdê-lo.

Valorize a vida real e os pequenos acontecimentos cotidianos, não se esqueça do ritmo do seu processo e da beleza em cada capítulo de sua vida. Seja grato pelas pessoas que fazem parte da sua vida e que realmente têm oportunidade de estar com você, face a face, sem nenhuma tela para ser dividida.

Cuide dos seus olhos, cuide do seu coração. Não vale a pena comparar a sua imensidão com o que se consegue ver na internet. Pode ter certeza de que atrás de cada foto, cada texto, cada vídeo, cada post há um ser humano tão frágil e vulnerável quanto você.

Então, a pressão sobre você e sobre os outros... deixe ir.

PRECISAMOS FALAR SOBRE FALHAS

Todos nós já falhamos. Se você vive, se você respira, então de alguma forma você já falhou. Verdade? Sim.

Outra verdade é que muitas vezes relacionamos esses erros à vergonha e à rejeição, e eu quero, com este pequeno texto, trazer outra ótica para você.

Se uma falha é seguida de um aprimoramento, então essa falha deve ser relacionada ao sucesso. Podemos até chamá-la de feedback. E, se aprendermos com ela, iremos avançar muito! A pergunta que devemos fazer para nós mesmos é: qual voz nós estamos escutando? A voz que diz: "Vou tentar, e, na pior das hipóteses, vou aprender" ou o seu medo de falhar? Se optarmos por realmente "jogar o jogo da vida", estaremos sempre sujeitos a não sermos perfeitos em tudo o que fazemos. Viver requer movimento.

Quantas vezes, por medo do erro, você deixou para depois algo que queria realizar? Algum projeto, algum sonho. No lugar de trazê-los para a existência, eles foram estocados na mente. Por medo, não só de falhar, mas de sermos o próprio erro, permanecemos presos.

Querido leitor, deixe-me dizer algo muito libertador: há poder na ação, porque ação traz coisas para a existência. Se você falhar, calma, você pode analisar e pensar: *Como posso fazer diferente?* Então, você aprimora e cresce.

Você não é o seu erro. Você não é a sua falha.

Em geral, o que eu mais quero com este texto é incentivá-lo a ver tudo isso de forma diferente. Sempre lidaremos com críticas externas, mas e se você lidasse de forma diferente com as internas? Eu quero que eu e você possamos viver um estilo de vida em que há liberdade para tentar, para aprender e para avançar. ~~Se precisar, tenta novamente.~~

Eu amo assistir a documentários. Principalmente de figuras públicas que admiro. Normalmente costumamos criar uma imagem de perfeição em relação a essas pessoas e o que elas produzem – imagem que é quebrada com esse gênero de filme.

Quase sempre mostram a humanidade e a persistência de cada uma dessas pessoas. Os momentos difíceis, as falhas e os recomeços. Seria diferente conosco?

Talvez não tenhamos a mesma vida nem história dessas pessoas, mas, falando em "falha", todos nós estamos no mesmo barco. Creio que o que podemos fazer é olhar para a falha como um feedback e uma oportunidade para aprender. Aliás, para um eterno estudante, todo lugar e situação podem se tornar uma sala de aula.

SOBRE SONHOS

"Isso nunca vai acontecer."
"Eu nunca vou fazer aquela viagem."
"Eu nunca vou fazer aquele curso."

Quantas vezes as nossas circunstâncias nos fizeram crer que nada do que almejamos e sonhamos seria possível?

Sei que cada pessoa tem história e realidades diferentes, mas dentro da sua realidade eu quero te encorajar a crer, a sonhar, a agir e a ter esperança.

Coloquei algumas dicas que amo e que acredito que podem ajudar você não só a reviver sonhos, mas também a agir em direção a eles:

1. VISUALIZE O SEU SONHO

De uma forma prática, escreva seus sonhos em um papel, desenhe, e, se você gostar, construa um mural de colagens. Essa primeira dica consiste em você tirar o seu sonho do esquecimento da sua mente.

2. O QUE EU PRECISO?

Escreva em um papel
do que você realmente
precisa para esse sonho se
tornar realidade. Se for
uma viagem ou um curso,
qual o valor? Seja prático e
específico. Precisa de férias
do trabalho? Precisa de um
lugar para ficar? Anote tudo!

3. COMO CONSIGO?

Já que você listou tudo de que você precisa; agora, como você vai conseguir o que é necessário? Se envolve dinheiro, quanto você pode economizar mensalmente para poder financiar o seu sonho? Pode incluir outras coisas que não são dinheiro; por exemplo, se você trabalha presencialmente, precisa de autorização do seu chefe com antecedência? Se sim, como você irá fazer isso? Por meio de uma reunião, por e-mail?

O mais importante é que você seja franco e real, compreendendo a sua realidade atual, mas também sendo criativo em formular estratégias.

4. NÃO SE ESQUEÇA DA FÉ

Por mais que a gente possa traçar metas, é necessário fé para crer na possibilidade da realização daquele sonho.

A sobrinha de uma grande amiga tinha o grande sonho de ir para um parque temático superfamoso globalmente. Ela poderia considerar essa viagem algo distante demais de sua realidade, mas ela escolheu crer que era possível, sim! Para conseguir arrecadar dinheiro, ela começou a fazer e a vender um brinquedo que estava muito em alta nos últimos tempos. Essa história me emociona, porque é incrível ver alguém tão nova, mas com uma fé gigantesca. Ela pegou o que tinha na mão e foi fiel com o que podia fazer.

Sempre teremos duas alternativas: podemos escolher ficar paralisados por conta das nossas circunstâncias ou podemos ser facilitadores que agem em prol de viver além de qualquer situação atual.

Para não deixar você com uma enorme curiosidade, a menina sonhadora e cheia de garra realizou o seu grande sonho em 2019, e conseguiu viajar para o lugar tão idealizado.

Ela visualizou, agiu, creu e realizou um sonho.

Meu pai sempre me disse que, na vida, nós precisávamos de 20% de talento e 80% de boa vontade. Essa afirmativa sempre me marcou, e conectando para esse assunto que estamos falando aqui: talvez a gente tenha 20% de recursos, mas se tivermos 80% de boa vontade, fé e anseio de fazer acontecer, eu acredito que iremos começar a viver o que jamais imaginamos viver e nos tornaremos quem jamais imaginamos nos tornar.

3 coisas para se lembrar hoje:

1. CELEBRE AS PEQUENAS VITÓRIAS DIÁRIAS

2. SER ORIGINAL SEMPRE SERÁ A MELHOR OPÇÃO

3. NÃO DEIXE QUE O MEDO TE APRISIONE

NO LUGAR DE:

- RECLAMAR
- PRESSIONAR
- COMPARAR

TENTE:

SER GRATO
SER GENTIL
SER AUTÊNTICO

ESTÁ TUDO BEM SE...

VOCÊ FOR
VOCÊ MESMO.

VOCÊ TIVER
DIAS RUINS.

VOCÊ ERRAR.

Eu espero que você
compreenda

O tanto que a tua
liberdade de ser

Quem é, vai libertar
tantos que estão

Presos neste exato
momento.

Se parece impossível,

Já houve inúmeros impossíveis

Que se tornaram realidade.

QUANDO A MUDANÇA
COMEÇA DE DENTRO,

O DE FORA
TAMBÉM JAMAIS
SERÁ O MESMO.

REPITA COMIGO:

O MEDO NÃO VAI ME APRISIONAR
O MEDO NÃO VAI ME APRISIONAR
O MEDO NÃO VAI ME APRISIONAR
O MEDO NÃO VAI ME APRISIONAR
O MEDO NÃO VAI ME APRISIONAR

O MEDO NÃO VAI ME APRISIONAR
O MEDO NÃO VAI ME APRISIONAR
O MEDO NÃO VAI ME APRISIONAR
O MEDO NÃO VAI ME APRISIONAR
O MEDO NÃO VAI ME APRISIONAR
O MEDO NÃO VAI ME APRISIONAR
O MEDO NÃO VAI ME APRISIONAR
O MEDO NÃO VAI ME APRISIONAR
O MEDO NÃO VAI ME APRISIONAR
O MEDO NÃO VAI ME APRISIONAR
O MEDO NÃO VAI ME APRISIONAR
O MEDO NÃO VAI ME APRISIONAR
O MEDO NÃO VAI ME APRISIONAR
O MEDO NÃO VAI ME APRISIONAR
O MEDO NÃO VAI ME APRISIONAR
O MEDO NÃO VAI ME APRISIONAR

ONDE VOCÊ
ESTIVER AGORA,

NÃO SE ESQUEÇA
DE SER GENTIL
CONSIGO.

Orgulhosa de você que

Escolheu, hoje, abrir mão de quem

Você pensava que deveria ser

E abraçou a maravilha única que és.

(coloque isso todos os dias no repeat, tá?)

Floresça.

A partir daquele dia aleatório de verão, eu não fui mais a mesma. Realmente algo aconteceu ali que desatou as amarras que me prendiam de viver de forma autêntica e livre.

Do fundo do meu coração, eu espero que você compreenda o que há para você do outro lado do medo, da comparação e do vício em agradar as pessoas.

Não há nada mais belo e singelo do que um coração puro e livre. Ele abraça a sua própria identidade e dá ao outro a liberdade de também ser quem é; ele entende suas fraquezas, mas aprecia a sua força; ele é grato pelas pequenas vitórias diárias; ele tem graça para dar; ele não tem medo de ser.

**Quero repetir
mais uma vez:**

**"NUNCA ESQUEÇA O
PRESENTE QUE É SER
INADEQUADO."**

AGRADECIMENTO

Grata ao Criador de todas as coisas. Grata por ter me feito de forma tão única e especial. Digo isso com convicção.

Grata a todos os autênticos e esquisitos ao meu redor. Vocês me encorajam todos os dias a assumir a minha identidade única.

Grata a você, inadequado.

Acreditamos nos livros

Este livro foi composto em Chaparral Pro e impresso pela Geográfica para a Editora Planeta do Brasil em maio de 2021.